过去的生命

周作人 著

上海三联书店

出版说明

1929年《过去的生命》由北新书局初版。

1987年岳麓书社再版。

1993年中国文联出版公司再版。

1998年中国文联出版公司再版。

2002年河北教育出版社出版《泽泻集》《过去的生命》合集。

2011年3月北京十月文艺出版社出版《泽泻集》《过去的生命》合集。

周作人作品，版本众多，各有优长。为更切近作者、原版之意旨，本次再版本着"周作人自编文集原本选印"的原则，一律按照周作人"自编"的目录进行内文的梳理编排，同时以世间流行的诸多版本互为印证，以求"正本溯源"。本版《过去的生命》所据为1929年北新书局版。

同时本版依据原版既有以及内文中重点提及的原则，插图共计十二幅。插图有书中所提及人物、景物等。如《过去的生命》北新书局版书影、徐玉诺像、《黎明群鸦图》（*Flock of Crows at Dawn*）等。

我们努力呈现最好的版本给读者诸君，唯能力时间有限，错误在所难免，也欢迎读者诸君批评指正。

周作人作品出版编辑部

2018年1月16日

目录

序

　　这里所收集的三十多篇东西，是我所写的诗的一切。我称他为诗，因为觉得这些的写法与我的普通的散文有点不同。我不知道中国的新诗应该怎么样才是，我却知道我无论如何总不是个诗人，现在"诗"这个字不过是假借了来，当作我自己的一种市语罢了。其中二十六篇，曾收在《雪朝》第二集中，末尾七篇是新加入的，就用了第十二篇"过去的生命"做了全书的名字。这些"诗"的文句都是散文的，内中的意思也很平凡，所以拿去当真正的诗看当然要很失望，但如算他是别种的散文小品，我相信能够表现出当时的情意，亦即是过去的生命，与我所写的普通散文没有什么不同。因为这样缘故，我觉得还可以把他收入"苦雨斋小书"的里边，未必是什么敝帚自珍的意思，若是献丑狂

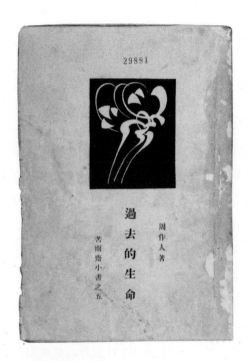

29881

過去的生命

周作人 著

苦雨齋小書之五

《过去的生命》书影
北新书局版

（Exhibitionism）呢，那与天下滔滔的文士一样，多少怕有一点儿罢？

　　书面图案系借用库普加（František Kupka）的画，题曰"生命"。我是不懂美术的，只听说他的画是神秘派的，叫作什么Orphism，也不知道他是那里人。

　　　　　　　　一九二九年八月十日，周作人于北平

两个扫雪的人

阴沉沉的天气，
香粉一般的白雪，下的漫天遍地。
天安门外，白茫茫的马路上，
全没有车马踪迹，
只有两个人在那里扫雪。

一面尽扫，一面尽下，
扫净了东边，又下满了西边，
扫开了高地，又填平了坳地。
粗麻布的外套上已经积了一层雪，
他们两人还只是扫个不歇。

雪愈下愈大了，
上下左右都是滚滚的香粉一般的白雪。
在这中间，好像白浪中漂着两个蚂蚁，

他们两人还只是扫个不歇。

　　祝福你扫雪的人！

我从清早起，在雪地里行走，不得不谢谢你。

　　　　　　　　　　一九一九年一月十三日在北京

小河

　　一条小河，稳稳的向前流动。
经过的地方，两面全是乌黑的土，
生满了红的花，碧绿的叶，黄的果实。
　　一个农夫背了锄来，在小河中间筑起一道堰。
下流干了，上流的水被堰拦着，下来不得，不得前
进，又不能退回，水只在堰前乱转。
水要保他的生命，总须流动，便只在堰前乱转。
堰下的土，逐渐淘去，成了深潭。
水也不怨这堰，——便只是想流动，
想同从前一般，稳稳的向前流动。
　　一日农夫又来，土堰外筑起一道石堰。
土堰坍了，水冲着坚固的石堰，还只是乱转。
　　堰外田里的稻，听着水声，皱眉说道，——

"我是一株稻，是一株可怜的小草，
我喜欢水来润泽我，
却怕他在我身上流过。
小河的水是我的好朋友，
他曾经稳稳的流过我面前，
我对他点头，他向我微笑。
我愿他能够放出了石堰，
仍然稳稳的流着，
向我们微笑，
曲曲折折的尽量向前流着，
经过的两面地方，都变成一片锦绣。
他本是我的好朋友，
只怕他如今不认识我了，

他在地底里呻吟，

听去虽然微细，却又如何可怕！

这不像我朋友平时的声音，

被轻风搀着走上沙滩来时，

快活的声音。

我只怕他这回出来的时候，

不认识从前的朋友了，——

便在我身上大踏步过去。

我所以正在这里忧虑。"

　田边的桑树，也摇头说，——

"我生的高，能望见那小河，——

他是我的好朋友，

他送清水给我喝，

使我能生肥绿的叶，紫红的桑葚。

他从前清澈的颜色，

现在变了青黑，

又是终年挣扎，脸上添出许多痉挛的皱纹。

他只向下钻，早没有工夫对了我点头微笑。

堰下的潭，深过了我的根了。

我生在小河旁边，

夏天晒不枯我的枝条，

冬天冻不坏我的根。

如今只怕我的好朋友，

将我带倒在沙滩上，

拌着他卷来的水草。

我可怜我的好朋友，

但实在也为我自己着急。"

　　田里的草和蛤蟆，听了两个的话，
也都叹气，各有他们自己的心事。
水只在堰前乱转，
坚固的石堰，还是一毫不摇动。
筑堰的人，不知到那里去了。

　　　　　　　　　　　　一月二十四日

背枪的人

　　早起出门，走过西珠市，
行人稀少，店铺多还关闭，
只有一个背枪的人，
站在大马路里。
我本愿人"卖剑买牛卖刀买犊"，
怕见恶狠狠的兵器。
但他长站在守望面前，
指点道路，维持秩序，
只做大家公共的事，
那背枪的人，
也是我们的朋友，我们的兄弟。

三月七日

画家

可惜我并非画家，
不能将一支毛笔，
写出许多情景。——
两个赤脚的小儿，
立在溪边滩上，
打架完了，
还同筑烂泥的小堰。
车外整天的秋雨，
靠窗望见许多圆笠，——
男的女的都在水田里，
赶忙着分种碧绿的稻秧。[1]

---

[1] 以上两节系夏间在日本日向道中所见。

小胡同口

放着一副菜担，——

满担是青的红的萝卜，

白的菜，紫的茄子，

卖菜的人立着慢慢的叫卖。

　　初寒的早晨，

马路旁边，靠着沟口，

一个黄衣服蓬头的人，

坐着睡觉，——

屈了身子，几乎叠作两折。

看他背后的曲线，

历历的显出生活的困倦。

　　这种种平凡的真实印象，

《墨戏图册·紫茄子》

金农（1687—1763）绘

永久鲜明的留在心上，
可惜我并非画家，
不能用这支毛笔，
将他明白写出。

九月二十一日

爱与憎

　　　师只教我爱，不教我憎，
但我虽然不全憎，也不能尽爱。
爱了可憎的，岂不薄待了可爱的？
　　　农夫田里的害虫，应当怎么处？
蔷薇上的青虫，看了很可憎，
但他换上美丽的衣服，翩翩的飞去。
稻苗上的飞蝗，被着可爱的绿衣，
他却只吃稻苗的新叶。
我们爱蔷薇，也能爱蝴蝶。
为了稻苗，我们却将怎么处？

　　　　　　　　　　　　　　　十月一日

荆棘

我们间壁有一个小孩，
他天天只是啼哭。
他要在果园的周围，
添种许多有刺的荆棘。
间壁的老头子发了恼，
折下一捆荆棘的枝条，
小孩的衣服掉在地上，
荆条落在他的背上。
他的背上着了荆条，
他嘴里还只是啼哭，
他要在果园的周围，
添种许多有刺的荆棘。

一九二〇年二月七日

所见

　　三座门的底下，
两个人并排着慢慢地走来。
一样的憔悴的颜色，
一样的戴着帽子，
一样的穿着袍子，
只是两边的袖子底下，
拖下一根青麻的索子。
我知道一个人是拴在腕上，
一个人是拿在手里，
但我看不出谁是谁来。
　　皇城根的河边，
几个破衣的小孩们，
聚在一处游戏。

"马来，马来！"

　　骑马的跨在他同伴的背上了。

　　等到月亮上来的时候，

　　他们将柳条的马鞭抛在地上，

　　大家说一声再会，

　　笑嘻嘻的走散了。

　　　　　　　　　　一九二〇年十月二十日

儿歌

　　小孩儿，你为什么哭？
你要泥人儿么？
你要布老虎么？
　　也不要泥人儿，
也不要布老虎。
对面杨柳树上的三只黑老鸹，
哇儿哇儿的飞去了。

《杂技戏孩图》

苏汉臣（1094—1172） 绘

慈姑的盆

绿盆里种下几颗慈姑，
长出青青的小叶。
秋寒来了，叶都枯了，
只剩了一盆的水。
清冷的水里，荡漾着两三根，
飘带似的暗绿的水草。
时常有可爱的黄雀，
在落日里飞来，
蘸水悄悄地洗澡。

十月二十一日

秋风

一夜的秋风，

吹下了许多树叶，

红的爬山虎，

黄的杨柳叶，

都落在地上了。

只有槐树的豆子，

还是疏朗朗的挂着。

几棵新栽的菊花，

独自开着各种的花朵。

也不知道他的名字，

只称他是白的菊花，黄的菊花。

十一月四日

《菊虫图》

齐白石（1864—1957） 绘

梦想者的悲哀

读倍贝尔的《妇人论》而作

"我的梦太多了。"
外面敲门的声音，
恰将我从梦中叫醒了。
你这冷酷的声音，
叫我去黑夜里游行么？
阿，曙光在那里呢？
我的力真太小了，
我怕要在黑夜里发了狂呢！
　　穿入室内的寒风，
不要吹动我的火罢。
灯火吹熄了，
心里的微焰却终是不灭，——
只怕在风里发火，

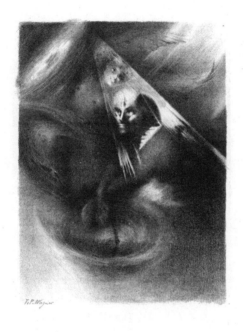

《梦》

Dream

T. P. 瓦格纳　绘

T. P. Wagner，1894年活跃于法国

要将我的心烧尽了。

阿，我心里的微焰，

我怎能长保你的安静呢？

一九二一年三月二日病后

过去的生命

这过去的我的三个月的生命，那里去了？
没有了，永远的走过去了！
我亲自听见他沉沉的缓缓的一步一步的，
在我床头走过去了。
我坐起来，拿了一支笔，在纸上乱点，
想将他按在纸上，留下一些痕迹，——
但是一行也不能写，
一行也不能写。
我仍是睡在床上，
亲自听见他沉沉的他缓缓的，一步一步的，
在我床头走过去了。

四月四日在病院中

中国人的悲哀

中国人的悲哀呵，

我说的是做中国人的悲哀呵。

也不是因为外国人欺侮了我，

也不是因为本国人迫压了我：

他并不指着姓名要打我，

也并不喊着姓名来骂我。

他只是向我对面走来，

嘴里哼着些什么曲调，一直过去了。

我睡在家里的时候，

他又在墙外的他的院子里，

放起双响的爆竹来了。

四月六日

歧路

荒野上许多足迹，

指示着前人走过的道路，

有向东的，有向西的，

也有一直向南去的。

这许多道路究竟到一同的去处么？

我相信是这样的。

而我不能决定向那一条路去，

只是睁了眼望着，站在歧路的中间。

我爱耶稣，

但我也爱摩西。

耶稣说："有人打你右脸，连左脸也转过来由他打！"

摩西说："以眼还眼，以牙还牙！"

《主啊，胜利啊》(摩西举起手臂)

Victory OLord

约翰·埃弗里特·米莱斯　绘

John Everett Millais，1829—1896，英国

吾师乎，吾师乎！

你们的言语怎样的确实啊！

我如果有力量，我必然跟耶稣背十字架去了。

我如果有较小的力量，我也跟摩西做士师去了。

但是懦弱的人，

你能做什么事呢？

四月十六日

苍蝇

我们说爱，

爱一切众生，

但是我——却觉得不能全爱。

我能爱狼和大蛇，

能爱在山林里的猪。

我不能爱那苍蝇。

我憎恶他们，我诅咒他们。

大小一切的苍蝇们，

美和生命的破坏者，

中国人的好朋友的苍蝇们啊！

我诅咒你的全灭，

用了人力以外的，

最黑最黑的魔术的力。

四月十八日

小孩

　　一个小孩在我的窗外而跑过，
我也望不见他的头顶。
他的脚步声虽然响，
但于我还很寂静。

　　东边一株大树上，
住着许多乌鸦，又有许多看不见的麻雀，
他们每天成群的叫，
仿佛是朝阳中的一部音乐。

　　我在这些时候，
心里便安静了，
反觉得以前的憎恶，
都是我的罪过了。

四月二十日

《黎明群鸦图》

Flock of Crows at Dawn

河鍋暁斎　绘

Kawanabe Kyōsai，1831—1889，日本

小孩

一

我看见小孩，
每引起我的贪欲，
想要做富翁了。

我看见小孩，
又每引起我的嗔恚，
令我向往种种主义的人了。

我看见小孩，
又每引起我的悲哀，
洒了我多少心里的眼泪。
阿，你们可爱的不幸者，
不能得到应得的幸福的小人们！
我感谢种种主义的人的好意，

《冬日戏婴图》

苏汉臣（1094—1172） 绘

但我也同时体会得富翁的哀愁的心了。

二

　　荆棘丛里有许多小花，
长着憔悴嫩黄的叶片。
将他移在盆里端去培植么？
拿锄头来将荆棘掘去了么？
阿，阿，
倘使我有花盆呵！
倘使我有锄头呵！

五月四日

山居杂诗

一

　　一丛繁茂的藤萝，
绿沉沉的压在弯曲的老树枯株上，
又伸着两三枝粗藤，
大蛇一股的缠到柏树上去，
在古老深碧的细碎的柏叶中间，
长出许多新绿的大叶来了。

二

　　六株盆栽的石榴，

《熟石榴》

徐渭（1521—1593）绘

围绕着一大缸的玉簪花，
开着许多火焰似的花朵。
浇花的和尚被捉去了，
花还是火焰似的开着。

三

我不认识核桃，
错看他作梅子，
卖汽水的少年，
又说他是白果。
白果也罢，梅子也罢，

每天早晨去看他，

见他一天一天的肥大起来，

总是一样的喜悦。

六月十日在西山

四

不知什么形色的小虫，

在槐树枝上吱吱的叫着。

听了这迫切尖细的虫声，

引起我一种仿佛枯焦气味的感觉。

我虽然不能懂得他歌里的意思，
但我知道他正唱着迫切的恋之歌，
这却也便是他的迫切的死之歌了。

六月十七日晚

五

一片槐树的碧绿的叶，
现出一切的世界的神秘，
空中飞过的一个白翅膀的百蛉子，
又牵动了我的惊异。

我仿佛会悟了这神秘的奥义，

却又实在未曾了知。

但我已经很是满足，

因为我得见了这个神秘了。

六月二十日

六

后窗上糊了绿的冷布，

在窗口放着两盆紫花的松叶菊。

窗外来了一个大的黄蜂，

嗡嗡的飞鸣了好久，

却又惘然的去了。

阿，我真做了怎样残酷的事呵！

六月二十二日

七

"苍蝇纸"上吱吱的声响，

是振羽的机械的发音么？

是诉苦的恐怖的叫声么？

"虫呵，虫呵！难道你叫着，业便会尽了么？"①

我还不如将你两个翅子都粘上了罢。

二十五日

———————

① 这是日本古代失名的一句诗。

对于小孩的祈祷

　　　小孩呵，小孩呵，
我对你们祈祷了。
你们是我的赎罪者。
请赎我的罪罢，
还有我所未能赎的先人的罪，
用了你们的笑，
你们的喜悦与幸福，
用了得能成为真正的人的矜夸。
在你们的前面，有一个美的花园。
从我的上头跳过了，
平安的往那边去罢。
而且请赎我的罪罢，——

《开泰图》

苏汉臣（1094—1172） 绘

我不能够到那边去了，

并且连那微茫的影子也容易望不见了的罪。①

八月二十八日在西山作

----

① 这首诗当初用日本语所写，登在几个日本的朋友所办的杂志《生长的星之群》一卷七号上。曾译作国语，寄给新青年社，但是没有留稿，现在重译一回，文句上不免有点异同，特加说明。一九二二年一月七日附记。

小孩

一

　　我初次看见小孩了。
我看见人家的小孩，觉得他可爱，
因为他们有我的小孩的美，
有我的小孩的柔弱与狡狯。
我初次看见小孩了，
看见了他们的笑和哭，
看见了他们的服装与玩具。

二

　　我真是偏私的人呵。

我为了自己的儿女才爱小孩，

为了自己的妻才爱女人，

为了自己才爱人。

但是我觉得没有别的道路了。

　　　　　　　　一九二二年一月十八日

她们

　　我有过三个恋人，
虽然她们都不知道。
她们无意地却给了我许多：
有的教我爱恋，
有的教我妒忌，
我都感谢她们，
谢她给我这苦甜的杯。
　　她未嫁而死，
她既嫁而死，
她不知流落在什么地方，
我无心去再找她了。
养活在我的心窝里，
三个恋人的她却还是健在。

她的照相在母亲那里，
我不敢去要了来看。
她俩的面庞都忘记了，
只留下一个朦胧的姿态，
但是这朦胧的却最牵引我的情思。
我愈是记不清了，
我也就愈不能忘记她了。

高楼

　　那高楼上的半年，
她给我的多少烦恼。
只如无心的春风，
　吹过一棵青青的小草，
她飘然的过去了，
　却吹开了我的花朵。
我不怨她的无情，——
　长怀抱着她那神秘的痴笑。

饮酒

你有酒么？
你有松香一般的粘酒，
有橄榄油似的软酒么？
我渴的几乎恶心，
渴的将要瞌睡了，
我总是口渴：
喝的只有那无味的凉水。
你有酒么？
你有恋爱的鲜红的酒，
有憎恶的墨黑的酒么？
那是上好的酒。

《行书五律诗》（晚得酒中趣）
文徵明（1470—1559） 书

只怕是 ——我的心老了钝了,

喝着上好的酒,

也只如喝那无味的白水。

—九二三年三月十二日

花

我爱这百合花，
她的香气薰的使人醉了，
我愿两手捧住了她，
便在这里睡了。
我爱这蔷薇花，
爱她那酽酒似的滋味，
我便埋头在她中间，
让我就此死罢。

十月二十六日，
仿某调，学作情诗，在北京中一区

昼梦

我是怯弱的人，常感到人间的悲哀与惊恐。

严寒的早晨，在小胡同里走着，遇见一个十四五岁的小姑娘，充血的脸庞隐过了自然的红晕，黑眼睛里还留着处女的光辉，但是正如冰里的花片，过于清寒了，——这悲哀的景象已经几乎近于神圣了。

胡同口外站着候座的车夫，粗麻布似的手巾从头上包到下颔，灰尘的脸的中间，两只眼现出不测的深渊，仿佛又是冷灰底下的炭火，看不见地逼人，我的心似乎炙的寒颤了。

我曾试我的力量，却还不能把院子里的蓖麻连根拔起。

我在山上叫喊，却只有返响回来，告诉我的声音的可痛地微弱。

我往何处去祈求呢？只有未知之人与未知之神了。

　　要去信托未知之人与未知之神，我的信心却又太薄弱一点了。

　　　　　　　　　　　　一九二三，一月三日

寻路的人

赠徐玉诺君

我是寻路的人。我日日走着路寻路，终于还未知道这路的方向。

现在才知道了，在悲哀中挣扎着正是自然之路，这是与一切生物共同的路，不过我们单独意识着罢了。

路的终点是死。我们便挣扎着往那里去，也便是到那里以前不得不挣扎着。

我曾在西四牌楼看见一辆汽车载了一个强盗往天桥去处决，我心里想，这太残酷了，为什么不照例用敞车送的呢？为什么不使他缓缓的看沿路的景色，听人家的谈论，走过应走的路程，再到应到的地点，却一阵风的把他送走了呢？这真是太残酷了。

我们谁不是坐在敞车上走着呢？有的以为是往天国

徐玉诺

1894—1958

去，正在歌笑；有的以为是下地狱去，正在悲哭；有的醉了，睡了。我却只想缓缓的走着，看沿路的景色，听人家的谈论，尽量的享受这些应得的苦和乐，至于路线如何，或是由西四牌楼往南，或是由东单牌楼往北，那有什么关系？

王诺是于悲哀深有阅历的，这一回他的村寨被土匪攻破，只有他的父亲在外边，此外的人都还没有消息。他说，他现在没有泪了。——你也已经寻到了你的路了罢。

他的似乎微笑的脸，最令我记忆，这真是永远的旅人的颜色。我们应当是最大的乐天家，因为再没有什么悲观和失望了。

一九二三年七月三十日

西山小品

一 一个乡民的死

　　我住着的房屋后面，广阔的院子中间，有一座罗汉堂。他的左边略低的地方是寺里的厨房，因为此外还有好几个别的厨房，所以特别称他作大厨房。从这里穿过，出了板门，便可以走出山上。浅的溪坑底里的一点泉水，沿着寺流下来，经过板门的前面。溪上架着一座板桥。桥边有两三棵大树，成了凉棚，便是正午也很凉快，马夫和乡民们常常坐在这树下的石头上，谈天休息着。我也朝晚常去散步。适值小学校的暑假，丰一到山里来，住了两礼拜，我们大抵同去，到溪坑底里去捡圆的小石头，或者立在桥上，看着溪水的流动。马夫的许多驴马中间，也有带着小驴的母驴，丰一最爱去看那小小的可爱而且又有点呆相的很长的脸。

　　大厨房里一总有多少人，我不甚了然。只是从那里出入的时候，在有一匹马转磨的房间的一角里，坐在大木箱的旁边，用脚踏着一支棒，使箱内扑扑作响的一个男人，却常常见到。丰一教我道，那是寺里养那两匹马的人，现在是在那里把马所磨的麦的皮和粉分作两处呢。他大约时常独自去看寺里的马，所以和那男人很熟习，有时候还叫他，问他各种的小孩子气的话。

　　这是旧历的中元那一天。给我做饭的人走来对我这样说，大厨房里有一个病人很沉重了。一个月以前还没有什么，时时看见他出去买东西。旧历六月底说有点不好，到十多里外的青龙桥地方，找中医去看病。但是没有效验，这两三天倒在床上，已经起不来了。今天在寺里做工的木匠把旧板拼合起来，给他做棺材。这病好像是肺病。在他床边的一座现已不用了的旧灶里，吐了许多的痰，满灶都是苍蝇。他说了又劝告我，往山上去须得走过那间房的旁边，所以现在不如暂时不去的好。

　　我听了略有点不舒服。便到大殿前面去散步，觉得并没有想上山去的意思，至今也还没有去过。

　　这天晚上寺里有焰口施食。方丈和别的两个和尚念咒，方丈的徒弟敲钟鼓。我也想去一看，但又觉得麻烦，终于中止了，早早的上床睡了。半夜里忽然醒过来，听见什么地方有铙钹的声音，心里想道，现在正是送鬼，那么施食也将完了罢，以后随即睡着了。

早饭吃了之后，做饭的人又来通知，那个人终于在清早死掉了。他又附加一句道："他好像是等着棺材的做成呢。"

怎样的一个人呢？或者我曾经见过也未可知，但是现在不能知道了。

他是个独身，似乎没有什么亲戚。由寺里给他收拾了，便在上午在山门外马路旁的田里葬了完事。

在各种的店里，留下了好些的欠账。面店里便有一元余，油酱店一处大约将近四元。店里的人听见他死了，立刻从账簿上把这一页撕下烧了，而且又拿了纸钱来，烧给死人。木匠的头儿买了五角钱的纸钱烧了。住在山门外低的小屋里的老婆子们，也有拿了一点点的纸钱来吊他的。我听了这活，像平常一样的，说这是迷信，笑着将他抹杀的勇气，也没有了。

一九二一年八月三十日作

二　卖汽水的人

　　我的间壁有一个卖汽水的人。在般若堂院子里左边的一角，有两间房屋，一间作为我的厨房，里边的一间便是那卖汽水的人住着。

　　一到夏天，来游西山的人很多，汽水也生意很好。从汽水厂用一块钱一打去贩来，很贵的卖给客人。倘若有点认识，或是善于还价的人，一瓶两角钱也就够了，否则要卖三四角不等。礼拜日游客多的时候，可以卖到十五六元，一天里差不多有十元的利益。这个卖汽水的掌柜本来是一个开着煤铺的泥水匠，有一天到寺里来做工，忽然想到在这里来卖汽水，生意一定不错，于是开张起来。自己因为店务及工作很忙碌，所以用了一个伙计替他看守，他不过偶然过来巡阅一回罢了。伙计本是没有工钱的，火食和必要的零用，由掌柜供给。

　　我到此地来了以后，伙计也换了好几个了，近来在这里的是一个姓秦的二十岁上下的少年，体格很好，微黑的圆脸，略略觉得有点狡狯，但也有天真烂漫的地方。

　　卖汽水的地方是在塔下，普通称作塔院。寺的后边的广场当中，筑起一座几十丈高的方台，上面又竖着五枝石塔，所谓塔院便是这高台的上边。从我的住房到塔院底下，也须走过五六十级的台阶，但是分作四五段，所以还可以上去，至于塔院的台阶总有二百多级，而且很峻急，看了也要目眩，心想这一定是不行罢，没有一回想到要上去过。塔院下面有许多大树，很是凉快，时常同了丰一，到那里看石碑，随便散步。

有一天，正在碑亭外走着，秦也从底下上来了。一只长圆形的柳条篮套在左腕上，右手拿着一串连着枝叶的樱桃似的果实。见了丰一，他突然伸出那只手，大声说道："这个送你。"丰一跳着走去，也大声问道：

"这是什么？"

"郁李。"

"那里拿来的？"

"你不用管。你拿去好了。"他说着，在狡狯似的脸上现出亲和的微笑，将果实交给丰一了。他嘴里动着，好像正吃着这果实。我们拣了一颗红的吃了，有李子的气味，却是很酸。丰一还想问他什么话，秦已经跳到台阶底下，说着"一二三"，便两三级当作一步，走了上去，不久就进了塔院第一个的石的穹门，随即不见了。

这已经是半月以前的事情了。丰一因为学校将要开始，也回到家里去了。

昨天的上午，掌柜的侄子飘然的来了。他突然对秦说，要收店了，叫他明天早上回去。这事情太鹘突，大家都觉得奇怪，后来仔细一打听，才知道因为掌柜知道了秦的作弊，派他的侄子来查办的。三四角钱卖掉的汽水，都登了两角的账，余下的都没收了存放在一个和尚那里，这件事情不知道有谁用了电话告诉了掌柜了。侄子来了之后，不知道又在那里打听了许多话，说秦买怎样的好东西吃，半个月里吸了几盒的香烟，于是证据确凿，终于决定把他赶走了。

秦自然不愿意出去，非常的颓唐，说了许多辩解，但是没有效。到了今天早上，平常起的很早的秦还是睡着，侄子把他叫醒，他说是头痛，不肯起来。然而这也是无益的了，不到三十分钟的工夫，秦悄然的出了般若堂去了。

我正在有那大的黑铜的弥勒菩萨坐着的门外散步。秦从我的前面走过，肩上搭着被囊，一边的手里提了盛着一点点的日用品的那一只柳条篮。从对面来的一个寺里的佃户见了他问道：

"那里去呢？"

"回北京去！"他用了高兴的声音回答，故意的想隐藏过他的忧郁的心情。

我觉得非常的寂寥。那时在塔院下所见的浮着亲和的微笑的狡狯似的面貌，不觉又清清楚楚的再现在我的心眼的前面了。我立住了，暂时望着他彳亍的走下那长的石阶去的寂寞的后影。

八月三十日在西山碧云寺

这两篇小品是今年秋天在西山时所作，寄给几个日本的朋友所办的杂志《生长的星之群》，登在一卷九号上，现在又译成中国语，发表一回。虽然是我自己的著作，但是此刻重写，实在只是译的气氛，不是作的气氛。中间隔了一段时光，本人的心情已经前后不同，再也不能唤回那时的情调了。所以我一句一句的写，只是从别一张纸上誊录过来，并不是从心中沸涌而出，而且选字造句等等翻译上的困难也一样的围困着我。这一层虽然不能当作文章拙劣的辩解，或者却可以当作他的说明。

一九二一年十二月十五日附记

图书在版编目（CIP）数据

过去的生命 / 周作人著. —上海：上海三联书店，2018.8

ISBN 978-7-5426-6254-5

Ⅰ. ①过… Ⅱ. ①周… Ⅲ. ①诗歌－中国－现代 Ⅳ. ①I266

中国版本图书馆CIP数据核字(2018)第063180号

过去的生命

著　　者 / 周作人

责任编辑 / 朱静蔚
特约编辑 / 李志卿　李书雅
装帧设计 / 微言视觉工坊　|　苗庆东
监　　制 / 姚　军
责任校对 / 朱　鑫

出版发行 / 上海三联书店
　　　　　 (201199) 中国上海市闵行区都市路4855号2座10楼
邮购电话 / 021-22895557
印　　刷 / 山东临沂新华印刷物流集团有限责任公司

版　　次 / 2018年8月第1版
印　　次 / 2018年8月第1次印刷
开　　本 / 787×1092　1/32
字　　数 / 40 千字
印　　张 / 2.5
书　　号 / ISBN 978-7-5426-6254-5 / I·1382
定　　价 / 26.00元

敬启读者，如发现本书有印装质量问题，请与印刷厂联系0539-2925680。